作者 石坂启

　　1956 年生于日本名古屋。漫画家。1978 年拜手冢治虫为师，第二年开始独立创作。曾任《周五周刊》编委。喜欢猫。作品《我就是家》获日本第 3 届文化厅媒体艺术节漫画部大奖。其他作品有《秘密的箱子》《再见，我的家人》《皮蛋君的愉快战争》《小婴儿来了》和《对金钱的回忆》等。

作者的猫

编委会负责人

野上晓

　　生于 1943 年。评论家、作家。曾担任白百合女子大学儿童文化专业讲师、东京成德大学儿童研究专业讲师。日本儿童文学学会会员、国际文艺家协会日本分会会员。代表作有《和孩子一起玩耍》《日本现代儿童文学》《当代儿童现状》《儿童学的起源》等。

田中正彦

　　生于 1953 年。儿童文学作家。创办了网站"儿童文学书评"。作品《搬家》获椋鸠十儿童文学奖，《对不起》获产经儿童出版文化奖并被拍成电影。其他作品有《年历》《针对成年人的儿童文学讲座》等。

戴上恶的面具

〔日〕石坂启 著

林 静 译

北京科学技术出版社
100 层童书馆

大家好，我叫玉男。
有一天，
我捡到一副面具，
觉得它很酷。

试着戴上，正合适，
看起来有点儿像坏猫。

我感觉自己和平时不一样了。

"喂，一边儿去！"

做恶霸的感觉真好。

我是坏猫！

"我很可怕吧！"

我只有戴上面具时
才是可怕的。

谁也没有注意到
我就是那只坏猫。

要是爸爸妈妈知道的话，
会吓一跳吧？

坏猫比真实的我更强大。

有一次，我欺负了一只小猫，

其他小猫立刻都听我的话了。
我的心情特别好。

平时不好意思做的事情啊，

怕被训斥而不敢做的
事情啊，

变成坏猫的时候
都可以做。

我开始尝试去做各种坏事。

有时给人使坏，

有时和人吵架，

有时还会耍花招。

做坏事真快乐！

这副面具真棒！
我甚至想做一些破坏力
更大的坏事。

11

好累呀！
休息一会儿吧。

咦？！

咦？！

面具竟然摘不下来了！！

"是坏猫,
好可怕!"

"一边儿去!
我讨厌你!"

"是谁欺负我家孩子?"

不是我，不是我!

是坏猫做了坏事。
我是玉男!

虽然做坏事的确实是我，
但我不是坏猫!

怎么办?
爸爸妈妈知道是我干的坏事吗?

要是他们不让我进家门
怎么办?

要是面具一直摘不下来怎么办?

咦，
是谁在我房间里？

是我！

"喂!
这是我的房间!
你是谁?!"

"咦?
这是我家呀。"

"你是谁?
我不认识你。"

"我是玉男!"

"冒牌货!
你是不是戴着
我的面具?"

"疼疼疼!
快住手!"

"咦，你们在做什么呢？"

"妈妈！"

"一个不认识的人
到我房间里来了！"

"才不是呢！"

"我是玉男呀！
妈妈！
是面具摘不下来了！"

"好了好了，
不哭了。

如果都是我家的孩子，
大家一起生活就好啦。"

23

"该吃晚饭了。
爸爸马上就回来了，
我们一起来准备吧。"

"好！"

"肚子都
饿了。"

"我回来了。
今天吃咖喱饭啊。
哟，怎么有两个
孩子啊？"

"是啊。都是玉男。"
"那你们要一起吃饭，一起洗澡。"

"好！"

"我开始
吃啦。"

我是玉男。

那天，另一个戴着面具的玉男

来到了我家。

不过，我并没有很惊讶。
因为我和他
都是玉男嘛。

我慢慢明白了
戴着面具的我
都在想些什么。

有时，我刚要制止那个戴面具的我，刚想说"停"的时候，对方反而会先说："我知道了。"

有时，我们会做同样的梦。

　　漫画家在创作漫画故事的时候，首先创造的是各种人物，比如主人公、他的家人以及可爱的朋友。这个时候，如果登场的人物全都是好人，故事就没法进行下去了。

　　"今天的天气真好啊！""是啊。"故事就这样的话，会很没意思。所以，我把其中的一个人变成坏家伙，把人物恶的一面投射到这个坏家伙身上，让他做各种坏事。在脑子里想象做可怕和危险的事情，有时会让人兴奋。

　　不可思议的是，我在描绘角色表情的时候，自己也会做出同样的表情。微笑着画悲伤的脸是很难的，画着画着我就会不由自主地皱起眉头。同样，在画邪恶、张狂的脸时，我不知不觉地也会做出那样的表情。平时，在我意识到自己心中出现了可怕的想法时，我的脸上也已经出现了可怕的表情。

　　世上大概没有百分之百的好人或百分之百的坏人，也没有绝对的好事或坏事。在一开始接到"恶"这个主题时，我想我好像没有资格对别人说教，只要注意不趾高气扬地对小读者说什么"做个好孩子吧！"就好了。在画玉男和坏猫时，我是很开心的。

　　如果说这个世界上有绝对的"恶"，我想那就是战争吧。杀死别人，掠夺东西，连这样的坏事都被赞扬的话，那就是不辨是非的恶。人如果变成这样，就已经失去思考能力和判断能力了。所以我想，创作关于"恶"的绘本，一定不是什么坏事。

石坂启

Kangaeru Ehon 5. Aku

Copyright© 2009 by Kei Ishizaka

First published in Japan in 2009 by Otsuki Shoten Co., Ltd., Tokyo

Simplified Chinese translation rights arranged with Otsuki Shoten Co., Ltd. through Japan Foreign-Rights Centre/Bardon-Chinese Creative Agency Limited

Simplified Chinese translation copyright © 2024 by Beijing Science and Technology Publishing Co., Ltd.

著作权合同登记号 图字：01-2021-4783

图书在版编目（CIP）数据

戴上恶的面具 /（日）石坂启著；林静译. — 北京 ：北京科学技术出版社，2024.3
ISBN 978-7-5714-3262-1

Ⅰ.①戴… Ⅱ.①石… ②林… Ⅲ.①儿童故事 – 图画故事 – 日本 – 现代 Ⅳ.①I313.85

中国国家版本馆CIP数据核字（2023）第190909号

策划编辑：荀 颖	电 话：0086-10-66135495（总编室）	
责任编辑：张 芳	0086-10-66113227（发行部）	
封面设计：沈学成	网 址：www.bkydw.cn	
图文制作：百色书香	印 刷：北京博海升彩色印刷有限公司	
责任印制：李 茗	开 本：787 mm×1092 mm 1/20	
出 版 人：曾庆宇	字 数：25千字	
出版发行：北京科学技术出版社	印 张：2	
社 址：北京西直门南大街16号	版 次：2024年3月第1版	
邮政编码：100035	印 次：2024年3月第1次印刷	
ISBN 978-7-5714-3262-1		

定 价：45.00元